LE TEMPLE

DE LA

PARESSE.

A PARIS,
De l'Imprimerie d'EDME MARTIN, ruë Sainct
Iacques au Soleil d'Or.

M. DC. LXV.

AVEC PRIVILEGE DV ROY.

LE
TEMPLE
DE LA
PARESSE.

A MADAME DE ***.

JE ne fçaurois plus me deffendre de faire des Vers pour vous, puifque vous me l'ordonnez : mais je vous advertis de bonne foy, Madame, que ce n'eſt pas la maniere de s'expliquer la plus fincere, quoy que ce puiſſe eſtre quelquefois la plus agreable. La Proſe ſeule ſemble eſtre le langage du cœur, & la Poëſie celuy de l'eſprit. On déguiſe d'ordinaire ce qu'on ajuſte avec tant de ſoin ; & les perſonnes qui font connoiſtre leur paſſion avec cét eſclat, ou celles qui demandent

A

des preuves d'affection de cette nature, penſent plus à leur gloire qu'à leur amour.

Que je crains, aimable Inhumaine,
Que vous connoiſſiez peu cette agreable peine
Qui fait le plaiſir d'vn amant :
Vn cœur dans les tranſports d'vne amoureuſe atteinte,
Preſſé d'exprimer ſon tourment,
Du langage des Dieux fuit la dure contreinte,
Et meurt s'il differe vn moment.

Mais n'importe, MADAME, il ne m'eſt pas poſſible de laiſſer paſſer la moindre occaſion de vous plaire, il faut tousjours vous obeïr. Cependant pour ne renoncer pas tout-à-fait à mes droits d'oiſiveté, ni à la pareſſe dont vous m'accuſez, & dont je vous louë : je vous declare que comme de nos jours on a bien entrepris de baſtir vn Temple à la Mort, j'en ay avec la meſme autorité eſlevé vn à la Pareſſe ; & que je pretends en repreſentant fidelement en ce lieu la Divinité qu'on y revere, vous y dépeindre ſi naïvement que vous vous y reconnoiſſiez vous-meſme, afin que vous ne puiſſiez à l'avenir m'accuſer d'obeïr qu'à vous, quand il ſemblera que je ne feray rien que pour elle.

Dans vn climat heureux où la Nature eſtale
De ſes riches threſors la beauté ſans eſgale,
Sous vn Ciel tousjours pur, agreable & ſerein,
Eſt vn paiſible lieu dont le fertile ſein

Chargé de tous les biens que produit la Nature,
Y fait naistre les fleurs & les fruits sans culture:
Les offre sans travail, & les expose à tous
Pour fournir aux mortels ce qu'il a de plus doux;
Il oste jusqu'aux soins que donne l'esperance,
Et les comble en tout temps d'vne heureuse abondance:
L'air à peine est esmeû par les jeunes Zephirs;
Ils gardent pour ces lieux leurs plus tendres souspirs,
Qui des sombres forests animant le feüillage,
Sur vn tapis de fleurs semblent peindre l'ombrage,
Dont les voiles espais percez des traits du jour,
Font voir sur le gazon mille chiffres d'amour:
Le Mirthe & le Iasmin de leurs branches fleuries,
Opposent leur esmail à l'esmail des prairies:
Là d'vn cours incertain les tranquilles ruisseaux,
Roulent sans murmurer le crystal de leurs eaux:
L'amour dans ces beaux lieux adoucit toutes choses,
Foule aux pieds les Soucis & desarme les Rozes:
On y vit sans chagrin bien qu'on soit amoureux,
Et l'on n'y voit jamais que des Amans heureux.

C'est en cét aimable lieu où j'ay eslevé mes Au-
tels: mais comme la Paresse ne conseilla jamais
de faire les choses qu'avec negligence & avec
facilité, je passeray des Vers à la Prose quand il
me sera le plus commode de m'expliquer ainsi; je
ne feray point mesme d'effort pour en rendre mes
Vers plus doux, leurs rimes plus riches, ni ma
Prose plus polie. Pour vous, MADAME, de vo-
stre costé donnez-vous bien de garde de douter
vn moment de tout ce que je vous en diray.

Il faut vous en fier à moy,
Croyez tout cecy veritable;
Ie vous le donne enfin comme article de fable,
En matiere de Vers, c'est article de Foy.

Ne craignez point que je m'aille embaraffer dans vne grande defcription de mon ouvrage; que je vous entretiènne trop longtemps d'architecture; ni que je vous en parle auffi magnifiquement qu'on pourroit faire

Du fuperbe Palais du plus grand Roy du monde,
Dont la ftructure fans feconde,
Que le temps ne pourra ternir,
Fera par fa Pompe connoiftre
Le plus fameux des Rois que la France ait veû naiftre
A tous les Siecles avenir.

Ie n'ay pourtant pû m'empefcher de faire les murailles de ce Temple de Marbre blanc, relevées au dehors par des bas reliefs, où font reprefentées entre des colomnes de Iafpe, les figures de plufieurs perfonnes, dont la plus grande partie font couchées fur des licts de gazon, ou fur des fleurs. Quelques-vnes paroiffent endormies, les autres femblent s'efveiller; leurs habits font faits de marbre de toutes les couleurs. Que fi vous trouvez que j'aye employé vne trop riche matiere, ne vous imaginez pas que je m'en fois beaucoup tourmenté; j'ay pris la premiere qui s'eft prefentée à mon imagination, &

j'ay eu aussi peu de peine & aussitost fait avec le
Porphyre qu'avec la pierre ordinaire. Souvenez-
vous de plus,

> *Qu'on ne sçait à quoy l'on s'engage,*
> *Quand on entreprend de bastir :*
> *Lors qu'on a commencé l'on en veut bien sortir ;*
> *Et quiconque entreprend vn magnifique ouvrage,*
> *Ne doit rien espargner de rare ni de grand.*
> *Pour moy quand je traçay ce fameux bastiment,*
> *Apollon me promit d'en faire la dépense :*
> *Ainsi je ne creus point qu'il fust de conséquence*
> *De bastir trop pompeusement*
> *Sur ce solide fondement.*

En vn mot toutes les pierres s'y sont assemblées
au son de la Lyre, comme elles firent autrefois,
& je pourrois bien encore vous entretenir d'vne
Architrave, d'vne Frise, & d'vne Corniche, qui
ne m'ont pas plus cousté que tout le reste, & qui
regnent sur tout l'ouvrage : mais je ne vous en
diray pas vn seul mot. Car asseurément

> *Quand des termes de l'art vn peu trop l'on s'entrave,*
> *Sans sçavoir pourquoy ni comment,*
> *Entre la Frise, & l'Architrave,*
> *Le Lecteur fatigué laisse le bastiment.*

Ie vous asseure au moins que j'ay veû tomber de
cette sorte plusieurs edifices des plus magnifi-
ques du monde. Pour éviter donc que le mien
ne coure cette fortune, je ne vous entretiendray

A iij

pas davantage de ce qu'on y voit au dehors; Ie vous diray seulement l'inscription qui est gravée sur son frontispice;

> *Venez aimables Paresseuses,*
> *Dans vos plus negligez & plus charmans atours,*
> *Icy tranquilement on resve à ses amours,*
> *Des plus parfaits Amants les troupes amoureuses*
> *Arrivent icy tous les jours.*

Ne vous imaginez point, MADAME, qu'il y ait personne pour en garder les portes ; l'Oisiveté qui est à l'entrée, est douce & facile à tout le monde. Pour l'Amour il n'a garde de s'en méler, luy à qui cette Divinité fut de tout temps si favorable.

> *Ce Dieu le plus aimable & le plus craint de tous,*
> *Dont les inévitables coups*
> *Ont l'art de nous blesser & celuy de nous plaire,*
> *Luy qui sçait à nos maux mesler vn si grand bien :*
> *L'amour sera tousjours la pretieuse affaire*
> *De tous ceux qui ne feront rien.*

En entrant on voit à main droite le Tableau d'vn païsage agreable où paroissent diverses personnes, quelques-vnes les bras croisez assises aupres d'vne fontaine, les autres appuyées negligemment contre des arbres. Leur douce melancolie semble leur avoir fait oublier toutes les choses du monde ; & par ces Vers qui sont au bas

du Tableau , elles semblent expliquer ainsi leurs
sentimens.

> *Charmant oubly des chagrins de la vie,*
> *Agreable repos dont vne Ame est ravie,*
> *Douces heures d'oisiveté,*
> *Momens plus pretieux que tous ceux qu'on employe,*
> *Dont l'heureuse tranquilité*
> *Sçait porter dans nos cœurs vne parfaite joye :*
> *Que le peuple charmé d'vn vain empressement,*
> *Gloze, vous blasme, ou qu'il en gronde,*
> *Couler ses jours nonchalament*
> *Donne aux plus doux plaisirs ce qu'ils ont de charmant,*
> *Et la Paresse enfin regne sur le beau monde.*

Dans vn autre Tableau plusieurs Amours se
réjouïssent de l'arrivée du Printemps , qu'on y
voit representé par des arbres couverts de fleurs
& par vne campagne riante ; Ils se jouënt en-
semble & s'amusent à chercher par tout ces petits animaux paresseux , qui passent vne partie de
leur vie dans le sommeil , qui ne s'esveillent jamais que dans la belle saison , & qui demeurent
assoupis jusques à ce que l'Amour les vient ad-
vertir qu'il est temps de chercher leurs sembla-
bles. Ces vers sont escrits au bas.

> *Dequoy vous sert, mortels, la peine & le tourment,*
> *Qu'aucun soin ne vous importune ;*
> *S'il plaist à l'aveugle Fortune,*
> *Les biens vous viendront en dormant.*

De ce mefme cofté eft vn autre Tableau où aupres d'vne grande ville on apperçoit des Iardins
agreables : là paroift vne troupe de gens qui par
des marques particulieres qui les font connoiftre, reprefentent ces Savants celebres de l'An-
tiquité qu'on accufoit de mettre le fouverain
bien dans les plaifirs ; quoy qu'ils creuffent qu'il
confiftaft principalement en la tranquilité &
dans le repos, auquel ils trouvoient tant de charmes, qu'ils ont bien voulu que l'oifiveté & le peu
de foin des chofes du monde, fift la felicité
eternelle de leurs Dieux ; ce qu'ils font entendre
par ces Vers,

> *Fuyez ces incertains defirs*
> *Que l'inquietude vous donne,*
> *Suivez les tranquiles plaifirs,*
> *Delivrez-vous de foin, n'en donnez à perfonne :*
> *Ne foyez défians, envieux, ni jaloux ;*
> *Efvitez le chagrin, la haine & la colere ;*
> *N'ayez d'autre maiftre que vous ;*
> *Coulez vos plus beaux jours fans avoir rien à faire,*
> *Et vous vivrez auffi contens que nous.*

De l'autre cofté vous verrez la reprefentation
d'vne nuiϭt paifible, où l'on apperçoit des gens
qui vont vers vn Autel dedié à la Pareffe. Il eft
au milieu d'vne petite grotte que le hazard & la
nature feule femblent avoir formée dans vn ro-
cher. Ils y portent en facrifice ces animaux or-
gueilleux

gueilleux, qui par leurs chants importuns trou-
blent le silence de la nuict, & qui esveillent tout
le monde au poinct du jour ; crime capital que
la Paresse ne pardonna jamais. Pour la façon de
faire les Sacrifices, on n'y fait pas grande cere-
monie, & voicy comme on en vse ordinaire-
ment,

> *Lors que le triste Coq tombe du coup mortel,*
> *Sans que personne s'inquiete,*
> *Si l'offrande est bien ou mal-faite,*
> *On se couche aupres de l'Autel.*

On entrevoit dans vn autre Tableau, des personnes qui sont assises l'vne aupres de l'autre,
qu'on à peine à descouvrir à travers les branches
de plusieurs arbres ; & au bas sont escrits ces
Vers,

> *L'Amour doit avec prudence,*
> *Se desrober aux yeux de tous,*
> *Craindre les curieux, & chercher le silence*
> *Dans ses mysteres les plus doux.*

Dans vn autre est representé le Triomphe de la
Paresse, où sont peints tous les grands Hommes
qu'elle a sceû charmer. Vous me dispenserez de
mettre icy leurs noms : car pour vous le dire
franchement, il y en a beaucoup que je ne con-
nois point, & leur nombre est si grand qu'il se-

B

roit ennuyeux de vous en entretenir. Voicy au moins comme la Pareſſe en parle elle-meſme,

> *Si je voulois nommer tous ceux que mon pouvoir*
> *A ſceû ranger ſous mon Empire,*
> *I'aurois trop de peine à le dire;*
> *Et ſi quelqu'vn le veut ſavoir,*
> *Dans l'Hiſtoire il le pourra voir:*
> *La lira qui la voudra lire.*

Au reſte, MADAME, cét aimable ſejour n'eſt frequenté que par des perſonnes bien faites; toutes celles qui y arrivent ont vne aimable langueur, qui leur donne mille charmes. Elle leur eſt tellement naturelle qu'elles ſemblent eſtre nées laſſes: Relever leur coëffe, ou attacher vn ruban, eſt vne grande affaire pour elles. Auſſi ne ſont-elles pas pluſtoſt arrivées qu'elles ſe repoſent nonchalamant ſur des carreaux.

> *Mille petits Amours ont le ſoin d'en donner,*
> *Et de cueillir des fleurs nouvelles,*
> *Pour ſemer ſous les pas, & pour en couronner*
> *L'aimable troupe de ces belles.*
> *Pour celle qu'on revere en ces paiſibles lieux,*
> *On la voit ſur vn lict negligeamment couchée,*
> *Sa teſte ſur vn bras eſt à demy penchée;*
> *Vne douce langueur paroiſt dans ſes beaux yeux,*
> *De ſes cheveux eſpars les ondes negligées,*
> *Montrent par vn air ſi charmant,*
> *Que les grandes beautez pour eſtre bien parées,*
> *N'ont beſoin d'aucun ornement.*

Si je la reprefentois telle qu'elle eft dans mon cœur, tout le monde vous connoiftroit à cette peinture. Et bien qu'il n'y allaft point de voftre gloire, puifque je ne fuis pas de cés Amans heureux, que l'honneur de leur Dame oblige à cacher leur bonne fortune : Ie veux bien toutefois ne vous defcrire pas fi particulierement. Vous me tiendrez compte de cette difcretion, fi vous voulez : ce n'eft pas qu'il ne me fuft plus vtile aupres de vous de fçavoir cacher mon peu de merite, que toute autre chofe.

Il faudroit vn fecret pour couvrir mes defauts,
Et je ferois heureux dans mes peines difcretes,
De cacher le peu que je vaux,
Comme je fay cacher les faveurs qu'on m'a faites.

Cependant pour revenir à noftre Divinité, & pour vous faire connoiftre en quelque forte fon pouvoir, je n'ay qu'à vous dire qu'elle fe fert fi bien de tout l'efprit de ceux qu'elle gouverne, qu'elle ne manqua jamais de leur fournir de raifons pour tout ce qui leur eft le plus agreable & le plus commode; & que dans fa tranquilité elle eft fi femblable à la Sageffe, qu'on peut s'y tromper facilement, & dire mefme en fa faveur, que par des charmes fecrets qu'elle porte dans noftre Ame, elle nous rend bien plus heureux que cette grandeur de courage tant vantée, qui

par des efforts violents pretend nous mettre au
deſſus de l'ambition, & nous conſoler de nos
pertes.

> *Qu'enfin la charmante Pareſſe,*
> *Plus habile que la Sageſſe,*
> *Par de moins penibles moyens,*
> *Sans qu'aucun ſoin nous importune,*
> *Nous fait meſpriſer la Fortune,*
> *Et ſeule nous tient lieu de tous les autres biens.*

Pour le lieu où elle reçoit ſes hommages, c'eſt
ſur vn lict qui luy ſert d'Autel dans le fond de
ſon magnifique Temple. Elle paroiſt là bien
molement couchée. Vne petite troupe d'Amours
eſt repreſentée autour; les vns ſont eſtendus ſur
des carreaux; les autres à demy couchez font
tomber adroitement leurs compagnons, & les
tirent pour les abattre aupres d'eux. Ils taſchent
meſme de faire vne ſemblable malice à toutes les
perſonnes qui arrivent.

> *Si lors qu'on voit quelqu'vn à bas,*
> *On ne peut s'empeſcher de rire,*
> *Pourroit-on me blaſmer de dire,*
> *Puiſqu'en tout ſexe on peut faire vn faux pas,*
> *Qu'en vne moins rude infortune,*
> *Quand l'Amour veut qu'il en arrive ainſi,*
> *Il ne ſoit bien plaiſant auſſi*
> *De rire aux deſpens de quelqu'vne?*

Il faut au moins eſtre vne partie de ſa vie con-

ché, si l'on veut obeïr à la Paresse, suivre ses
conseils, & la respecter comme elle l'ordonne.
La plus grande occupation qu'elle puisse per-
mettre aux belles, c'est de badiner avec leur es-
ventail en Esté, & avec leur manchon en Hyver.
Pour les hommes sur lesquels elle regne, il faut
bien aussi qu'ils soient faits à leur badinage.

L'on a veû de tout temps que parmy les blondins,
  Les plus heureux sont les badins;
  Que dans les amoureux mysteres,
Les prudens, les discrets, font plus mal leurs affaires.
La Sagesse en Amour est un bien dangereux;
Dans ce calme fatal se font tous les naufrages,
Des cœurs les plus touchez & les plus amoureux :
Soit dit sans offenser ces graves personnages,
Qu'un respect eternel rend tousjours malheureux.
En Amour les plus foux font tousjours les plus sages.

Enfin, MADAME, badiner agreablement est
un des plus asseurez moyens de parvenir. Toutes
nos Paresseuses y reüssissent si bien, qu'il n'y a
rien de si charmant; leur joye remplie d'une aimable langueur est douce, pleine de petites fa-
çons spirituelles, accompagnée incessamment de
petits mots, qui leur sont tellement propres &
d'un tour si particulier, qu'on ne peut les entendre sans en estre charmé, ni les rapporter sans
leur oster ce je ne say quoy, qui les rend si a-
greables. C'est ainsi que ceux qui veulent estre

heureux, doivent badiner avec elles, & qu'ils cherchent à leur dire continuellement des cho-ses qui leur plaisent.

> *Car qui commence à divertir,*
> *A desja sceû trouver l'heureux secret de plaire,*
> *Et pour lors vn adroit & bienheureux Amant,*
> *Sans craindre les effets d'vne feinte colere,*
> *Ni sans penser qu'il s'en peut repentir,*
> *Doit hazarder, estre vn peu temeraire;*
>   *Tourner tout si badinement,*
> *Qu'il puisse radoucir le cœur le plus sauvage;*
>   *Se gouverner si plaisamment,*
> *Qu'en des choses de rien dans ce commencement*
> *Il puisse à badiner engager la plus sage :*
> *S'il n'a point ce talent, il ne peut estre heureux :*
> *Car pour bien badiner, il faut badiner deux ;*
>   *Et c'est-là le secret de tout le badinage.*

Des deux costez de l'Autel, ou du lict de nostre Divinité, on apperçoit comme deux grottes ad-mirables: l'vne est dediée au Sommeil, & l'autre à la Resverie. Au milieu de celle du Sommeil est suspenduë vne lampe de geais noir, enrichie de quantité de pierreries ; & quoy qu'elle donne peu de clarté, à travers de sa sombre lumiere, dans plusieurs grandes glaces de crystal taillées à differentes faces, l'on voit l'image des Ta-bleaux dont cette grotte est ornée. Ils paroissent presque tous dans chaque miroir : mais comme ils n'y paroissent pas entiers, on voit en

mesme temps. vn morceau de païsage , vne petite partie d'vn chasteau , le visage d'vne belle ,
les aisles d'vn Amour , ou les Ruines d'vn vieux
Palais. Ainsi cela ne represente pas mal la con-
fusion des Songes qui accompagnent d'ordinaire le Sommeil. Ce sont eux qui prennent le soin
d'orner cette grotte , qui la parent & l'enrichissent de tout ce qui leur vient en fantaisie : il
n'y a rien de beau ni de desagreable , qu'ils n'y
mettent quelquefois ; au moins ils ont cela de
bon que s'ils font de la peine aux personnes les
plus heureuses , ils savent consoler les plus in-
fortunées : & comme je vous ay pû dire autrefois

> *Ils charment les plus miserables ,*
> *Ils savent contenter leurs plus ardents desirs ;*
> *Et par l'appas trompeur de mille faux plaisirs ,*
> *Soulager des maux veritables :*
> *Ils trompent , il est vray , mais agreablement ;*
> *Si leurs biens ne font que mensonge ,*
> *N'en est-il pas ainsi du bonheur plus charmant ,*
> *Et quand il est passé , n'est-il pas comme vn songe ?*

La grotte de la Resverie est plus regulierement
ornée : les Tableaux qui l'enrichissent & qui la
parent , bien qu'ils soient composez de tous les
objets qu'on se puisse imaginer , ne laissent pas
d'avoir quelque liaison & quelque suite entre
eux. Au haut de la voute , qui est ornée de plu-

fieurs peintures excellentes , font efcrits ces
Vers,

Doux tranfports qui naiffez des plus ardents defirs,
Agreable entretien qu'vn parfait Amour donne ,
Penfers delicieux où le cœur s'abandonne ,
Efpoir & fouvenir des plus charmants plaifirs ,
L'Amour, ce Dieu puiffant qui vous a donné l'eftre ,
Auroit fans moy peine à vous fouftenir ;
Et fi c'eft luy qui vous fait naiftre ,
I'ay des charmes fecrets pour vous entretenir.

Au moins , MADAME , c'eft de cette refverie
douce & agreable que j'ay appris tout ce que je
viens de vous dire. Que fi ma paffion l'a entre-
tenuë fi longtemps pour vous plaire, fongez vn
peu que vous luy devez quelque reconnoiffan-
ce , & qu'vn galant homme fonde bien pluftoft
fon efperance , fur les fentimens de fon cœur,
que fur les loüanges qu'on peut donner à fon
efprit.

Et fans mentir je puis vous dire ,
Qu'Amour qui caufe mon tourment,
M'a fait refver ce que je viens d'efcrire ,
Moins en faifeur de Vers, qu'en veritable Amant.

Ie porterois cette refverie encore bien plus loin,
fi je n'eftois obligé de me rendre à la Pareffe ma Souveraine , & vous vous fouviendrez s'il
vous plaift, MADAME , de ce que j'ay dit lors

que j'ay voulu faire sa peinture. Ie me sacrifie
donc tout entier à elle, & pour luy plaire je finis
cét ouvrage, estant bien asseuré, que de quelque façon que j'en sorte, la fin couronnera l'œu-
vre à son esgard, puisqu'elle finira la peine que
j'ay euë de l'escrire, & celle que vous avez euë
de le voir.

F I N.

Extrait du Privilege du Roy.

PAR *Grace & Privilege du Roy il est permis à* EDME MARTIN *Imprimeur en cette ville de Paris, d'imprimer ou faire imprimer, vendre & debiter, vne Piece intitulée* LE TEMPLE DE LA PARESSE, *en tel volume, marge & characteres qu'il voudra, pendant dix années, à commencer du jour qu'elle sera achevée d'imprimer pour la premiere fois: Avec defenses à tous Imprimeurs, Libraires, ou autres de quelque qualité & condition qu'ils soient, d'imprimer ou faire imprimer, vendre & debiter ladite Piece, si ce n'est du consentement dudit Edme Martin: mesmes d'exposer en vente les exemplaires qui pourroient avoir esté contrefaits, à peine de l'amende portée par ledit Privilege, & de confiscation desdits exemplaires. Donné à Paris le* 19. *Mars* 1665. *Signé,* DENIS.

Regiftré sur le Livre de la Communauté des Imprimeurs & Marchands Libraires de cette ville, suivant & conformément à l'Arreft de la Cour de Parlement du 8. Avril 1653. & aux charges portées par ledit Privilege, à Paris le 21. d'Avril 1665. Signé, E. MARTIN.

Achevé d'imprimer pour la premiere fois le 21. *Avril* 1665.

www.ingramcontent.com/pod-product-compliance
Lightning Source LLC
LaVergne TN
LVHW010207060726
842524LV00005B/2050